La chose du lavabo

W0297238

Frieda HUGHES

La chose du lavabo

Traduit de l'anglais
par Nathalie M.-C. Laverroux

Illustrations de Chris Riddell

POCKET
jeunesse

Titre original :
The Thing in the Sink

Publié pour la première fois en Grande-Bretagne en 1992
par Simon & Schuster Young Books.

Loi n° 49-956 du 16 juillet 1949 sur les publications destinées
à la jeunesse : mai 1996.

© 1992, Frieda Hughes pour le texte.

© 1992, Chris Riddell pour les illustrations.

© 1996, éditions Pocket Jeunesse, pour la traduction française
et la présente édition.

ISBN 2-266-09744-X

CHAPITRE PREMIER

— Allons, Peter ! déclara Mme Pitt-Smith, je suis sûre que tu vas trouver quelque chose ! Même si ce n'est qu'un scarabée ou une souris, ça ne fait rien ! Je veux que chacun de vous écrive un texte sur un animal et le lise devant la classe le dernier jour du trimestre. Ce jour-là, vous apporterez tous votre animal familier pour le montrer aux autres.

— Moi, j'ai un lapin ! annonça Megan.

— Et moi, un python ! enchaîna Jonathan. Je lui donnerai le lapin de Megan à manger !

Mme Pitt-Smith lui jeta un coup d'œil sévère.

De retour chez lui, Peter alla trouver sa mère :

— Tu sais, maman… j'ai toujours eu envie d'un chien.

Sa mère hocha la tête.

— Euh…, reprit Peter, on pourrait peut-être en prendre un avant les vacances ? La maîtresse nous a dit d'écrire un texte sur notre animal familier pour la fin du trimestre… De toute façon, ça serait bien d'avoir un chien… Je l'appellerais Georges !

— Peter, je n'ai jamais dit que tu pourrais avoir un chien ! Franchement, tu es encore beaucoup trop petit pour avoir une responsabilité pareille.

— Et un serpent ? hasarda Peter.

Sa mère frissonna :

— Un serpent, ça vit dans un vivarium, à une température constante. Et il faudrait que tu le nourrisses avec des rats fraîchement tués ou même vivants !

— Une souris, alors ? suggéra Peter, ne voulant pas lâcher prise.

— Il n'en est pas question ! répondit sa mère d'un ton ferme.

Peter soupira : il ne lui restait plus qu'à attraper un scarabée ou quelque chose comme ça. Il l'appellerait Georges… Il allait peut-être en trouver un gros, tout noir, avec des antennes fourchues et des pattes qui feraient comme du velcro contre sa peau.

Mais cet après-midi-là, dans le jardin, il ne trouva que deux fourmis et une araignée morte, les pattes toutes recroquevillées.

Que pouvait-il bien écrire sur les fourmis ? Elles ont six pattes, sont minuscules, et on les écrase comme un rien… Deux taches noires gisaient sans vie dans la boîte d'allumettes. Il l'avait refermée au moment où elles tentaient d'en sortir. Décidément, il n'y avait rien à dire sur les fourmis !

CHAPITRE II

Ce soir-là, dans son bain, Peter réfléchissait au moyen de résoudre son problème.

Tout à coup, ses pensées furent interrompues par des gargouillements, des glouglous, des bruits de succion qui venaient de la baignoire.

— Maman ! cria-t-il, viens voir ! Il y a quelque chose de bizarre dans la baignoire. J'entends de drôles de bruits !

— Ça doit être le trop-plein d'eau qui s'écoule, répondit sa mère.

Peter regarda par la grille, sous les robinets et, brusquement, il sursauta : en face de lui, un œil énorme venait de cligner !

— Maman ! Maman ! Viens vite ! Il y a vraiment quelque chose dans la baignoire !

Sa mère se précipita pour voir ce qui se passait. Puis elle eut un petit sourire et soupira :

— Allons, Peter, il n'y a rien du tout ! C'est juste le tourbillon de l'eau qui s'en va ! Même une grenouille ne pourrait pas passer par là.

— Mais j'ai vu un œil ! insista Peter. Il m'a même fait un clin d'œil !

— Ne dis pas n'importe quoi ! répliqua sa mère d'un ton brusque. Tu me fais marcher parce que je ne veux pas d'animal à la maison ! Ce n'est pas gentil, tu sais. Tu as sûrement vu le reflet de ton œil dans les bulles d'eau.

Et elle quitta la salle de bains, après lui avoir ordonné de se laver les dents.

Peter tourna le robinet du lavabo, mais quelque chose bouchait la canalisation, empêchant l'eau de s'écouler.

Il referma le robinet et appela de nouveau sa mère.

— Qu'est-ce qu'il y a encore ? demanda-t-elle, agacée.

Penché au-dessus du lavabo, Peter fixait le trou :

— L'œil est encore là ! murmura-t-il, le souffle coupé. Regarde ! Il bouche le lavabo ! Vite ! Il va s'en aller !

À peine avait-il fini de parler que le lavabo commença de se vider.

À contrecœur, sa mère regarda dans le trou. Puis elle dévisagea son fils, l'air furieux, marmonna quelque chose et sortit de la salle de bains. L'œil avait disparu…

Pendant les deux semaines qui suivirent, Peter se rendit à l'école en se demandant chaque jour ce qu'il allait bien pouvoir écrire dans sa rédaction. Il avait caché des morceaux de fromage dans toute la maison, espérant attraper une souris, ou même un rat. Mais ça n'avait pas marché.

— Ne t'inquiète pas trop, lui dit un jour Mme Pitt-Smith d'un ton rassurant. Si vraiment tu ne trouves rien, demande à l'un de tes camarades. Il te permettra sûrement de parler de son chat, ou de son chien.

Mais Peter n'avait pas envie d'écrire sur l'animal d'un autre. Il en voulait un bien à lui, et surtout un qui soit vraiment original, comme un lézard ou un perroquet.

Chaque soir, il observait le trou noir du lavabo et celui du trop-plein de la baignoire, mais le gros œil clignotant n'était plus là…

CHAPITRE III

Un après-midi, alors que sa mère était assise dans la cuisine, le dos tourné à l'évier, Peter vit quelque chose qui bougeait derrière elle.

— Maman ! cria-t-il aussitôt, regarde vite derrière toi !

Mais elle ne fut pas assez rapide. Quand elle se retourna, la chose étrange avait déjà disparu.

— Ce n'est pas juste ! se plaignit Peter en se précipitant vers l'évier. C'était là, je t'assure ! C'était encore l'œil mais, cette fois, il était au bout d'une grande tige verte.

— Tu sais ce que je pense ? s'exclama sa mère, exaspérée. Je crois que tu inventes toute cette histoire. Il n'y a rien dans l'évier qui ressemble à un œil ! Et encore moins à un œil qui surgirait au bout d'un bâton comme une sucette !

Peter monta tête basse dans sa chambre.

Le lendemain matin, en se levant, il vit des traces humides sur la moquette. On aurait dit des empreintes de pied, mais avec une forme bizarre. En fait, elles ne ressemblaient à rien. Peter les suivit : elles menaient tout droit vers la salle de bains.

Sa mère le surprit sur le palier :

— Peter ! Tu ne t'es pas essuyé les pieds en sortant de ton bain, ce matin !

Il ouvrit la bouche pour dire que ce n'était pas lui, mais s'arrêta net : elle ne le croirait pas, alors, à quoi bon ?

Peter entra dans la salle de bains et referma doucement la porte. Il s'assit sur le bord de la baignoire et scruta le lavabo.

— Je sais que tu es là-dedans ! chuchota-t-il.

Il se sentait plutôt ridicule et se demandait s'il n'était pas en train de devenir fou…

Il n'y eut aucun bruit, aucun gargouillement, aucune bulle dans les tuyaux. Peter plongea son visage dans le lavabo et se mit à crier :

— Je sais que tu es là !

— Peter, qu'est-ce que tu fais ? demanda sa mère à travers la porte.

— Euh... rien, maman... je parle tout seul...

— Tu ne peux pas parler tout seul sans que je t'entende ?

Quand elle se fut éloignée, il recommença :

— Si tu ne te montres pas, espèce d'affreux gros œil, je vais chercher du produit à récurer. On verra si tu aimes ça !

Mais rien ne se passa...

Décidé, Peter prit le flacon de détergent avec lequel sa mère nettoyait la baignoire et commença à l'incliner au-dessus du trou.

Brusquement, une grande main aux longs doigts tachetés de brun et de vert surgit du fond de la baignoire et empoigna le flacon. Peter essaya de toutes ses forces de le retenir mais la main réussit à s'en emparer pour le jeter à l'autre bout de la pièce. Puis elle disparut dans le tuyau.

Complètement affolé, Peter nettoya à toute vitesse le liquide renversé par terre, remit le flacon à sa place et partit en courant à l'école. Il se retourna plusieurs fois pour voir s'il n'y avait pas quelque chose qui le suivait…

Toute la matinée, il resta silencieux. Quand Mme Pitt-Smith lui demanda ce qui n'allait pas, il lui répondit qu'il n'avait toujours pas trouvé d'animal.

– Ne t'inquiète pas, Peter, lui dit-elle gentiment. Megan est d'accord pour que tu parles de son lapin.

– Tu peux venir voir Suzanne tant que tu veux ! lui proposa Megan dans un élan de générosité.

Peter se recroquevilla encore plus profondément derrière son bureau. C'était bien sa veine ! Parler d'un lapin qui s'appelait Suzanne ! Quelle honte ! Il devait absolument trouver un animal rien qu'à lui...

CHAPITRE IV

Ce soir-là, Peter n'osa pas entrer dans la salle de bains. Il avait trop peur. Mais sa mère remarqua tout de suite qu'il ne s'était pas lavé :

— Tu as des traces de peinture sur le visage et sur les mains, gronda-t-elle en le poussant vers la salle de bains. Ne sors pas de là avant d'être parfaitement propre.

Peter fixa d'un air hébété le lavabo et la baignoire, comme s'ils allaient s'animer.

Au bout de quelques minutes, une petite voix rompit le silence :

— Tu as l'intention de rester là toute la nuit ?

— Où es-tu ? fit Peter en regardant autour de lui d'un air inquiet. Et qui es-tu ?

Il attendit la réponse en retenant son souffle.

— Je suis là ! reprit la petite voix dans un rire.

La main verte tachetée de brun surgit de la baignoire et lui fit signe.

— Et là aussi !

Au même moment, l'œil apparut au bout d'une tige par le trou du lavabo et cligna à l'intention de Peter.

Il était énorme ! Beaucoup trop gros pour passer par un si petit trou ! Et la main aussi !

— Comment fais-tu pour être à deux endroits en même temps ? demanda Peter en tremblant.

— C'est facile ! Je m'étire à travers les tuyaux. Je pourrais sûrement atteindre celui de l'évier avec mon pied droit si j'essayais !

— Alors, c'étaient bien les empreintes de *tes* pieds hier ? demanda Peter d'un ton accusateur.

— Je plaide coupable ! répondit la voix. Je voulais te voir en entier. Je n'ai pas souvent l'occasion de regarder quelqu'un de la tête aux pieds. D'habitude, quand je suis dans un tuyau, je n'aperçois qu'un petit bout des gens.

— Est-ce que tu vis aussi dans les tuyaux des autres appartements ?

— Bien sûr ! Je passe mon temps à me balader dans les canalisations souterraines ! Je m'ennuierais si je restais trop longtemps au même endroit. Je vais partout où l'eau peut passer !

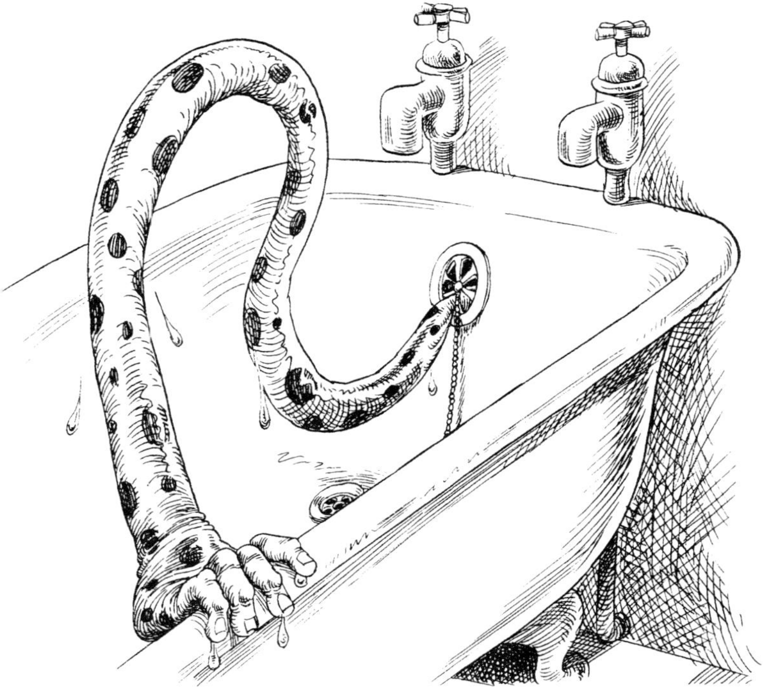

— Est-ce que moi aussi je peux te voir tout entier ? insista Peter qui sentait revenir son courage tandis que la chose dans le lavabo lui parlait.

L'œil disparut dans la canalisation avec un bruit de succion tandis que la main s'étendait vers le bord de la baignoire.

Elle s'allongea encore et encore et, derrière elle, apparut un long corps aplati, avec une tête déformée en longueur. Ça n'en finissait pas de se répandre par le trop-plein de la baignoire, de couler comme une pâte dentifrice. Enfin, la chose entière se trouva bientôt au fond de la baignoire, enroulée sur elle-même tel un long serpent vert et brun.

Puis elle se redressa et commença à se métamorphoser.

— Tu peux prendre la forme que tu veux ? demanda Peter.

— Eh oui ! répondit le monstre en lui faisant un énorme clin d'œil. Qu'est-ce que tu aimerais que je sois ?

Il y eut comme un petit sifflement d'air s'échappant d'un pneu et la masse gélatineuse se transforma en un gros crapaud. L'animal sourit.

Un autre sifflement et le crapaud se changea en un gros bateau voguant au fond de la baignoire.

– C'est fantastique ! s'écria Peter. Mais quelle est ta véritable forme ?

Devant lui apparut quelque chose qui ressemblait à une grosse pomme de terre. Du haut de ce corps dégoulinant d'eau, des yeux le fixaient par-dessus une large bouche sans lèvres. La chose lui arrivait tout juste à l'épaule.

— Attends une minute, il faut que maman te voie ! dit Peter en battant des mains. Cette fois, elle sera bien obligée de me croire !

— Ah non, je crains que ce ne soit pas possible ! répondit la créature en ouvrant ses gigantesques mains. Tu sais comment sont les adultes : ils vont me mettre dans un zoo, les scientifiques vont me tâter sous toutes les coutures, et on se moquera de moi... Si tu fais cela, je n'ai plus qu'à disparaître.

Peter ne voulait surtout pas que la chose s'en aille !

— D'où viens-tu ? lui demanda-t-il, curieux. As-tu des parents ?

— Je n'en ai aucune idée ! répondit la patate mouillée en sortant de la baignoire. Un jour, je me suis réveillée et j'existais, tout simplement. Je n'ai jamais vu quelqu'un qui me ressemble. Au fait, tu peux m'appeler Georges, si tu veux !

Il tendit une main visqueuse et serra celle de Peter dans ses gros doigts.

— Comment vas-tu ?

— Tu as écouté aux portes ! lui reprocha Peter. Tu as entendu toutes nos conversations : tu sais que je veux un animal et que je veux l'appeler Georges !

Il aurait juré que la partie supérieure de Georges venait de rougir légèrement…

Peter conduisit Georges en douce dans sa chambre. Ils discutèrent toute la nuit. C'était la première fois de sa vie que Georges s'amusait autant ! Avant, il lui semblait impossible de se faire des amis. Et maintenant, il était en train d'écouter de la musique, de jouer avec Peter et de lui raconter des histoires.

Le garçon lui donna une serviette pour qu'il s'assoie dessus car l'eau suintait constamment des pores de sa peau ; elle coulait du bout de ses doigts et de ses orteils.

Le lendemain, la mère de Peter s'étonna :

— Tu as l'air très content, ce matin !

Peter lui sourit. Il pensait à Georges qui dormait sous son lit. À côté de lui, il avait mis une bouteille d'eau froide au cas où son ami aurait besoin de s'humidifier un peu.

— Plus d'apparitions d'œil bizarre ? reprit sa mère.

Peter hocha la tête :

— Tu avais raison, maman, c'était mon imagination.

Soulagée, sa mère lui adressa un sourire rayonnant.

CHAPITRE V

C'était le dernier lundi avant les vacances. Chaque élève avait apporté son devoir et son animal familier. Megan portait son gros lapin blanc aux yeux rouges. Quant à Jonathan, il avait tenu parole : il était arrivé avec son python enroulé autour du cou, aussi personne ne l'approcha de trop près... Il y avait également un chien en laisse, un chat dans un panier, une souris dans une cage en fil de fer, une tortue, une araignée de jardin avec un énorme corps bien dessiné, et un canard au bout d'une ficelle.

Les élèves demandèrent à Peter ce qu'il avait écrit, et, surtout, ils voulurent tous voir son animal. Mais Peter garda son secret jusqu'au dernier moment.

– C'est parce que tu n'as rien trouvé ! le nargua Jonathan.

Enfin, ce fut au tour de Peter de lire son exposé. Il regarda la maîtresse droit dans les yeux avec l'espoir que son histoire lui plairait.

— Mon texte s'intitule «Georges» annonça-t-il à la classe. Il parle de mon cochon familier.

— Mais je ne t'ai pas vu arriver avec un cochon ! s'étonna la maîtresse. D'ailleurs, c'est un animal que l'on ne trouve que dans les fermes, et il n'y en a pas à des kilomètres à la ronde !

Peter siffla et on entendit un grattement derrière la porte, qui s'ouvrit brusquement pour laisser entrer un énorme cochon vert et brun avec une petite queue en tire-bouchon.

— Les cochons ne savent pas ouvrir les portes ! s'exclama Jonathan. Comment a-t-il fait ?

Peter ne répondit pas et se mit à lire :

— Mon cochon n'est pas comme les autres. Il n'a besoin de personne pour le sortir. Il est si bien élevé qu'il peut rester tout seul à la maison. Il adore regarder la télévision et manger de la glace.

À l'énoncé du mot «glace», le cochon se mit à grogner de plaisir.

— En tout cas, il n'est pas aussi intelligent qu'un chien ! affirma un garçon qui tenait en laisse un grand bâtard aux oreilles tombantes.

— Il est si doué, poursuivit Peter, qu'il est même capable de promener mon chien !

— Où est ton chien ? demanda Jonathan, qui avait vraiment espéré tenir la vedette avec son python.

— Georges, va chercher le chien ! ordonna Peter.

Georges le cochon, qui était resté patiemment assis aux pieds de Peter, sortit en trottinant de la salle de classe. Puis on entendit un aboiement. Un grand chien vert et marron au large poitrail et aux immenses oreilles entra et traversa la pièce pour se coucher sagement devant Peter.

— As-tu encore quelque chose à lire, Peter ? demanda Mme Pitt-Smith, en regardant le chien d'un œil méfiant.

— Oh oui, madame ! répondit-il en souriant.

— De toute façon, tu n'as rien d'aussi extraordinaire que mon python ! lança Jonathan.

Sur un signe de Peter, le chien vert et marron quitta tranquillement la salle.

Quelques secondes plus tard, on entendit un frottement contre la porte, puis un grattement, et un énorme lézard vert et brun se faufila dans la pièce sur ses grosses pattes courtes, sa queue traînant au sol. Sa langue battait l'air comme un fouet.

Les enfants grimpèrent sur leur chaise en hurlant.

— N'ayez pas peur ! s'empressa de dire Peter, il est complètement inoffensif !

Puis il s'adressa à Mme Pitt-Smith :

— Je crois bien que j'ai oublié le lézard dans ma rédaction…

— Tu n'aurais pas aussi un lapin, par hasard ? demanda Megan.

— Si, j'en ai un ! affirma Peter en regardant son texte.

Il fit un large sourire et ordonna au lézard :

— Va chercher le lapin !

Le lézard se glissa derrière la porte et un lapin bondit dans la classe. Un énorme lapin vert et brun, légèrement humide.

— Est-ce que je peux le caresser ? s'écria Megan.

Peter acquiesça et Megan fit un câlin à l'animal qui se mit à ronronner…

— Ta mère doit avoir une patience d'ange pour accepter tous les animaux que tu collectionnes ! s'exclama la maîtresse.

Peter se contenta de répondre par un sourire et termina sa lecture.

Après la classe, Mme Pitt-Smith se mit à la fenêtre pour regarder les enfants sortir de l'école. Peter marchait main dans la main avec un bébé dinosaure.

Elle cligna des yeux et vit tout à coup Peter passer le portail bras dessus, bras dessous avec son lapin géant ! Le lapin s'arrêta un instant, se retourna, regarda bien en face Mme Pitt-Smith et s'inclina avec élégance.

— Hum… fit la maîtresse. Drôle d'époque ! Les gens choisissent des animaux de compagnie de plus en plus bizarres ! Et celui-là a des couleurs vraiment curieuses… Enfin, on ne peut pas dire, il est tout de même très bien élevé !

Des livres plein les poches, POCKET jeunesse des histoires plein la tête

Kid Pocket

a d'autres histoires à te proposer,

Les princesses ne portent pas de jeans
Brenda Bellingham

Avec sa drôle d'allure et son imagination délirante, Léa se moque de passer pour une folle et une menteuse auprès des enfants de sa classe. Le plus troublé c'est Jeff qui, lui, trouve Léa plutôt à son goût. Amie ou ennemie, son cœur balance...

Romarine
Italo Calvino

Romarine, Poirette, Pomme et Peau... autant de curieux personnages et de drôles d'histoires menées tambour battant par le grand écrivain Italo Calvino. Huit contes du folklore italien à savourer pour le plaisir de s'en laisser conter...

La grand-mère aux oiseaux
Georges Coulonges

Brigitte s'est cassé la jambe. Elle est en convalescence chez sa grand-mère, à la campagne. La vieille dame, bourrue, parlant fort, vit seule dans sa ferme avec Pilou, le chat. Seule, pas tout à fait. Devant sa maison se trouve un arbre où les oiseaux se donnent rendez-vous.

Bleurk et Mimi Sékotine
Bruce Coville

Bleurk a décidé de ne plus piquer de colères. Mais c'est super difficile : toute la classe l'asticote parce que le voir exploser, c'est franchement rigolo. Meuf Prof, la maîtresse, le tient à l'œil. Heureusement, Mimi Sékotine est là pour le tirer de tous les mauvais coups.

L'homme au doigt coupé
Sarah Garland

Qu'est-il arrivé à l'homme au doigt coupé, le sinistre voisin de Clive ? Pourquoi a-t-il disparu ? Et que signifie l'envoi à l'école d'un mystérieux squelette à qui il manque un doigt ?

Touche pas à mon dragon
Jackie French Koller

Alex, neuf ans, ne rêve que de chasser et de tuer les dragons, ennemis de son peuple. Mais lorsqu'il se retrouve nez à nez avec un dragon orphelin, il est incapable de toucher à une seule écaille de l'innocente petite créature...

Un papa pas possible
Pierre Louki

Mon père est horloger. Il a tout pour être heureux. Eh bien, non, c'est du théâtre qu'il veut faire ! Alors, au lieu de réparer ses montres, il fait des grimaces devant la glace. Pour les clients qui entrent dans le magasin, ça ne fait pas sérieux...

Tine Toeval se fait la malle
Guus Kuijer

Tine est complètement zinzin et adore faire le cochon pendu. Job ne sort jamais sans sa boîte à trésors et Bas, avec son nez qui coule tout le temps, rêve de vivre avec des animaux. Ils jouent tous les trois et se racontent des trucs jusqu'au jour où Tine lance une idée saugrenue : et si on se perdait ?...

On a piégé le mammouth
Jackie Niebisch

Quatre enfants des cavernes décident de chasser un mammouth, plutôt que de cueillir des baies et des noisettes. Le plus petit d'entre eux dit qu'il suffit de tendre un piège : on creuse un trou, le mammouth tombe dedans et on l'achève avec la lance. C'est tout.

Polly la futée et cet imbécile de loup
Catherine Storr

Pour attraper Polly et la manger, il ne néglige rien, ce loup, ni la magie ni les vieux trucs des contes de fées. Mais le duel est inégal : Polly est loin d'être une idiote car elle a beaucoup lu, elle aussi, et le loup, lui, n'est pas très futé.

Imprimé en France par Pollina - 85400 Luçon - n° 78079

Dépôt légal : mai 1996.

POCKET jeunesse

12, avenue d'Italie • 75627 PARIS Cedex 13

Tél. : 01.44.16.05.00